ŞULE GÜRBÜZ • **Kambur**

ŞULE GÜRBÜZ'ün ilk romanı *Kambur* (1992), öykü kitabı *Zamanın Farkında* (2011) ve ikinci öykü kitabı *Coşkuyla Ölmek* (2012) ve son kitabı *Öyle Miymiş?* (2016) İletişim'den; *Ne Yaştadır, Ne Başta Akıl Yoktur* (1993) adlı oyunu ve *Ağrıyınca Kar Yağıyor* (1993) adlı şiir kitabı ise Mitos Boyut Yayınları tarafından yayımlandı. Şule Gürbüz halen mekanik saat ustası olarak çalışmaktadır.

İletişim Yayınları 204 • Çağdaş Türkçe Edebiyat 19
ISBN-13: 978-975-470-313-9

1-6. BASKI 1992-2015, İstanbul
7. BASKI 2016, İstanbul

EDİTÖR Belce Ünüvar
KAPAK Suat Aysu
KAPAK KOLAJI Nozzoli, 1936
UYGULAMA Hüsnü Abbas
DÜZELTİ Müge Karahan
BASKI Sena Ofset · SERTİFİKA NO. 12064
Litros Yolu 2. Matbaacılar Sitesi B Blok 6. Kat No. 4NB 7-9-11
Topkapı 34010 İstanbul Tel: 212.613 38 46
CİLT Güven Mücellit · SERTİFİKA NO. 11935
Mahmutbey Mahallesi, Devekaldırımı Caddesi, Gelincik Sokak,
Güven İş Merkezi, No: 6, Bağcılar, İstanbul, Tel: 212.445 00 04

İletişim Yayınları · SERTİFİKA NO. 10721
Binbirdirek Meydanı Sokak, İletişim Han 3, Fatih 34122 İstanbul
Tel: 212.516 22 60-61-62 • Faks: 212.516 12 58
e-mail: iletisim@iletisim.com.tr • web: www.iletisim.com.tr

ŞULE GÜRBÜZ

Kambur

iletişim

Sızlandı hafifçe kambur, ayaklarının altındaki koca taşı devirirken, bir tane de başının altında, "Ben yıldızları seyretmeden uyuyamam." Ağaçlara, o yüksek ağaçlara hiç bakmadan bodur çalılıkları okşayarak yürümeye başladı. "Düşler, düşler, en koyusu kendiliğin." Bu gece yine o ince mermer sütunları görmüştü düşünde ve geçen geceki düşün açtığı çentiği bulup, epeyce genişletmişti; böyle giderse, en geç gelecek haftaya yıkılacaktı sütun. Biraz güneş çarptı gözlerine, ellerindeki mermer tozlarını sildi ceketine. Uzaklardan bir kedinin okşanmak istediğini duyup seğirtti. Fena kedi değildi; beyaz üzerine açık gri birkaç benek (hata), hepsi o kadar. Profilden baktı; evet, bıyıkları da gür, ağzı burnu yerinde, hoş kedi. "Kedinin kötüsü çekilmez, ama yine de iyidir." Neden, nelerden iyi olduğunu düşünmeyi boşverir. Bu kır yolu ne kötü olurdu geceleri; o gölgeler yok mu – ne kadar üstüne yürüse o kadar kambur... Bir bulantı geçti kamburun içinden. Bir ot koparıp çiğnedi; ama, en yabani, en uzun, en kart olanı seçtiğinden, dili törpülendi. Hırsla kalemini çıkarıp, ceketinin sol tarafındaki astarına, "Otlar, dünyayı bu hale getirenler – 8 numara" diye yazdı. Evet, az kalmıştı; bir ağacın gölgesini de tekmeleyip bahçesine vardı. Altında kırık dökük mermer bir kurnanın durduğu çeşmeden, delikli teneke kutusuna telaşla su doldurup, gizli saklı bir köşedeki çileklerinin üzerine özenle serpti. Cebinden çıkardığı ekoseli mendiliyle çileklerin ve yaprakların tozunu aldı. Doğrulup bir daha baktı, yürüdü. Birden cebinden aynasını çıkarıp, arkasını dönmeden çileklere doğru tuttu, gülümsedi. Biraz yürüdü; belki daha çok. Tuttuğu takım, politik görüşü, gasp ve tecavüz olaylarına ilgisi herkesçe bilinen gazeteciye gelmeden parasını hazırladı. Adamın yüzüne bakmadan (yoksa gazeteyi boşuna almış olacaktı) çekip aldı. Bazen parası olmadığında gazetecinin önünde dikkati çekmeden durur, adamın yüzünden, kim galip gelmiş, kaç tecavüz (ne şekilde) olmuş... okur, geçerdi. Deniz kıyısına doğru adımlarını sıklaştırıp, basamaksız bir yükseklikten güçlükle aşağı inebildi. Bir banka ulaşıp en kenarına, ve nasıl olduysa, başka bir kimseye geçit vermeyecek şekilde, oturdu. Etrafına şöyle bir bakınıp gazetedeki ilanlara göz gezdirmeye başladı. İsimleri içinden tekrar ederken, bunlardan birini gözüne kestirdi. Yaşlı olmalıydı; adı son kırk elli yılın modasından uzaktı. O dönemin moda isimlerini sayabilene bile rastlanmadığı için "En azından dişli ölmüş – kuzu dişli..." diye geçirdi aklından. Cenazenin yerini ve saatini öğrenip kalktı. Aynı yoldan dönerken fırının önünden geçti. Fırıncı kamburu görünce, "Baston ekmek, uzun ekmek..." diye bağırdı. Öğle saatiydi. Konuşmadan birbirlerine baktılar; yürüdü, biraz daha:

– Ben eşek miyim? dedi kambur.

– Yoo... dedi fırıncı.

– Sen mi eşeksin?

....

– Peki bu anırtı nereden geliyor?

Biraz yaklaştı. Hava sıcak. Cebinden bir bıçak çıkarıp fırıncının karnına sapladı. Durdu. Yürümeye devam etti. Cenazeye daha iki saat vardı.

Bir dükkânın kapağına ilişti gözü. Kapının tokmağına başı ancak erişebiliyordu. Çukur, siyah gözlerini cama dikip, paramparça etmeyi denedi. Birkaç dakika... Başaramadı. Her yer insan doluydu, her yer; her bakışsızlığı bir gövde kırıveriyordu. Kulakları uğuldamaya başladı, söylendi, "Ne yaşam ki en yakın yerdeki tozlara ne uzaklığı gökyüzünün ne güneşten kaçınma..." Bu sözleri söyleyebilmek keyfini biraz olsun yerine getirdi. Kulağına bir müzik sesi geliyordu. Yıllar öncesinin sıcağında (eskiden hep sıcaktı) inatla kontrbas çalmak istemişti. Annesi hemen alaya dönüşebilecek bir hüzünle "Büyüyünce..." demişti. Bir şey demeden evden çıkmış, bu müzik aletini ilk kez gördüğü dükkâna gitmiş, satıcıya fiyatını sormuştu. Adam arkasını döner dönmez de, elindeki şişeden benzini kontrbasın üzerine döküp bir de kibrit çakmış, fırlayıp gitmişti dükkândan. "Hâlâ çalarım kontrbası; hem de iyi çalarım. Kimse benim çıkardığım o alev çıtırtılı sesleri çıkaramaz bu aletten."

Ayaklarına takıldı gözü, 46 numara ayaklarına. Bu boya 46 numara... 40 olsaydı; üçer santimetreden altı santimetre, boyuna eklenebilseydi... Neyse. Böyle hesaplardan iğrenir gibi yaptı, gülümsedi. "Akıl ideale varamayınca hicve varıyor," diye geçirdi aklından. Böyle bir sözü bu kadar yersiz de olsa kullanabilmekten büyük bir sevinç duyduysa da bu, az sonra pişmanlığa dönüştü. "Keşke belli etmeseydim, altını çizecekleri bir cümleyi mahvettim. Belki odasına assam bile olurdu. Böylece haklı çıkardım. 'Akıl hiçbir yere varmayınca, duvara yazı olur.'"

Nasıl paramparça bir gökyüzüydü bu böyle... Bu konuda iki yüz sayfalık bir kitap yazabileceğini düşündü. Yalnızca ilk sayfaya "GÖKYÜZÜ PARAMPARÇADIR, BÜTÜN DEĞİL" diye yazacaktı. Geri kalan bembeyaz sayfalara bakan insan, gökyüzünü hayal edebilecek; sayfaları çevirdikçe, gökyüzü parçalanacaktı zaten. Bir cümle söyleyebilmek için –o da çoğu kez yalan– koca kitaplar yazılıyordu. En azından kapaklarına "Bu kitap bilmemkaçıncı sayfadaki o sarsakça cümleyi söyleyebilmek için yazılmıştır" diye bir not düşülebilirdi. Böyle olmayınca, kitabın anlatmak istediği saçmalık yüzlerce sayfanın arasına gizleniyor; ne yazan ne de okuyan, bunca kalabalığın arasında aradığını bulabiliyordu. Bir de anlamadığını ya da kendi bildiğini kitaba söyletmeye gelince iş, "Pes!" dedi içinden. Keşke şimdi birisine okkalı bir tokat atabilseydi. Kimseye tokat atmamıştı bugüne dek; ama içinde ukdeydi. Oysa deneyimsiz olmasına karşın teorik bilgisi vardı. Ellerini nasıl kullanacağı; burnun neresine vuracağı... tüm ayrıntılarıyla cebindeki küçük defterde yazılıydı. Ayrıca bunu, içi tahta parçalarıyla dolu, yastık benzeri bir çuvalda defalarca denemişti. Elini acıtan tahta parçaları onu öfkelendiriyor, olayı tam kavga kıvamına getiriyordu. Bir gün yararını göreceğine inancı tamdı. "Bir gün olacak – iki elimle de vuracağım. Ellerimden biri inip biri kalkacak."

Ne gördüm bugüne dek? Hadi bugünü de sayalım – yarına dek ne gördüm? Yıllar önceydi; tren istasyonunda bir adam gördüm. Bir şey sormam gerekiyordu; ya da bana öyle gelmiş olabilir. Sormaktan nefret ederim – kim neyi bilebilir ki? Ne sorarsanız sorun, herkesin hemen kendini düşünmesi ve kendini anlatmaya başlaması bu yüzdendir. Yüzünü bile çevirmeden bana gerekeni söyledi. Ne kim olduğumu, kendisine benzer bir yanım olup olmadığını merak etti ne de kendini belli edecek bir şey yaptı. Evet, bunu hatırlıyorum. Bir de, yine istasyondaydım – gar mıydı yoksa? Kulağıma ray ve düdük sesi gelmediğine göre, gardı herhalde. Gecenin bir saati durduk. Gar binasının önünde gençten bir çocuk salatalık soyup satıyordu. Yolculardan biri, parasını verip, bir tane satın aldı. Satıcı oğlan hemen ellerini önlüğüne silip, parayla birlikte biraz ilerideki büfeye gitti; yiyecek bir şey aldı. Dönüp dönüp tezgâhına bakıyordu. Bu kez, büfeci parayı kapıp nereye gitti; göremedim. Az sonra ayrıldık. Bir de bunu hatırlarım. Nesini unutmadım; bilmiyorum... O kadarını da siz düşünün. Biraz bir şeyler biliyorum tabii; ama anlatmaktan korkar oldum. Neyi anlatsam, onu kaybediyorum. Hemen bir örnek verebilirim – bunu anlatayım bari: Dünyanın her yerinde hırsızlık vardır. Hırsız olmayansa pek azdır. Doğrusu ben görmedim. Herkes kadar gözüm vardı – ki bunu alçakgönüllülüğümden söylüyorum. Ne desem, hani olur ya günün birinde, deniz kıyısında kayalık bir yere gitmişsinizdir; elinizde bir şarap şişesi vardır; ayaklarınız çıplaktır; dalgaları seyretmişsinizdir. Ya da böyle bir şeyi hayal etmişsinizdir – pek farkı yok nasıl olsa... Boş bulunup da birine anlatırsanız – ki başka türlü bir şey anlatılmaz– en geç iki üç gün sonra "Gel!" der, "sana bir sürprizim var." Hâlâ alık alık bakarsınız, ve ayıptır söylemesi, bu yaşa gelmişsinizdir, hâlâ bir şey bekler, sürpriz bir şey olacak sanarsınız. (Tüm sürprizlerin!.. Sizden çalınanlarla gerçekleştiğini ve yeni bir şey gibi sunulduğunu unutup – size de müstahaktır ya, neyse...) Sizi, sizin kayalığınızdan daha alçak bir kayalığa götürür; elinize daha aşağılık bir şarap verir, ve "Hadi," der, "hadi, mutlu ol."

Nasıl kemirdim seni, nasıl da kayalardan yuvarladım; arkanı döndüğün an şarabından içtim... İşte bir şey daha yitirdiniz, yine eksildiniz, ufalandınız. Geçmişte böyle bir şey yapmamış da, yapmış gibi görünmek için anlattınızsa – hayal hırsızlığı; değilse, anı hırsızlığı...

Anı diyorum ya; benim hiç anım yok. Gerçekten yok. Olmalı mı? Şart mı? Bir şey uyduramaz mıyız? Evet, hiç anım yok, bir şey hatırlamıyorum. Hatırladığım bir iki süprüntü ise beni utandırmaktan başka bir işe yaramaz. "Be adam – bunca yıl yaşadın; anlata anlata bunu mu anlatıyorsun, böyle bir şeyi nasıl yaşadın, insanlık hali, nasıl unutamadın?" Niye unutayım ki? Unutamamak değil, unutmaktır acı olan.

Bende kaybolma isteği vardır. Küçükken (başımda bekçilerim varken – unutmadan söyleyeyim: İnanmazsınız ama, ben bir ara on yaşındaydım) başımı alır alır giderdim. Yine de fazla uzaklaşmazdım tabii. Kaybolayım, sonsuzluğu hissedeyim diye. (İnsanın içine girdiği her bütünün sonsuzluk taşıdığını; bu bütünün içinde başka bir bütün bulunursa, bunun da bir sonsuzluk içerdiğini; insanın açıklayamadığı zaman sonsuz kavramına geldiğini – yani sonsuzu hissetmenin en büyük zayıflıklardan biri olduğunu, sonradan öğrendim. Siz de şimdi öğreniyorsunuz.) Ama asıl istediğim aranmak, bulunmak, neden böyle bir şey yaptığımın, neden yalnız kalmak istediğimin sorulmasıydı. Kalabalık, bana yakın bir kalabalık bulabilmek umuduyla, uzak kalabalıklardan ıssızlıklara kaçardım. Bana hiçbir şey sorulmadı; hiçbir şey elde edemedim; ta ki bir gün canıma tak edip, evden epey uzaklaşana dek. Beni aramaya kimse çıkmadı. Kendi başıma, yorgun ayaklarım, koca ahmaklığım ve bulutlar gibi yükselen hayal kırıklığımla eve dönebildiğimde, akşam yemeği bitmişti. Aç kaldım. Bir şey elde edeyim derken, yemeği bile kaçırmıştım. Tabii o an gülebildiğimi söyleyemem; bakmayın şimdi de gülmüyorum. Biraz gülümser gibi yapıyorum – eee, olgunluk numaraları... Yoksa, içim kan ağlıyor. Acaba yemekte ne vardı – lokma bırakmamış kâfirler.

Kaybolma isteğim kaybolduktan sonra, itiraf etmeliyim ki, başka birkaç isteğim daha oldu. Ama bunlara hiç yanaşmadım; elde etmek için uğraşmadım. Hâlâ isteyebildiğim bir şeylerin bulunması, içimde böyle şeyler saklayabilmem, hoşuma gidiyordu. İstesem elde ederdim, deme şansım da var. Ve ben, beğendiği şeylere el atmayan, hemen o yığınlardan birine katmaya çalışmayan insanları erdemli bulurum. Başka çarem de yoktur.

Cenaze yerine geldiğinde akşamüzeriydi. Cenazede müzik... Bir ölüye yapılacak tek şey. Ölen kim ise, onun yaşamının müziği cenazesinde çalınmalı, diye düşündü. Çünkü insana doğumundan ölümüne dek bir müzik eşlik eder. Kimi insanların, hareketli ve neşeli; kimilerinin ise durgun ve ara sıra coşkun oluşu, kafalarındaki müziğe ister istemez uymak zorunda oluşlarındandır. Dengesiz bir yaşamda suç, o kimsenin müziğindedir – ne yapsın; tabii, bir yaptığı öbürüne uymaz. İşte bu uyuma uyumsuzluk denmesidir, kötü olan. Müzikte bir dakika, yaşamın bir yılına denk gelir. Kalın mi notası, palet olarak uzun süre çalınırsa, insanın o yıllarda hiçbir şey yapamadan çakılıp kalması, işten bile değildir. Solo kısımlara geçildiğindeyse, insana bir hareket gelir; kimilerine bir kez, kimilerine ise durmadan – ya da hiç. Cenazede bu müziği dinleyen, o insanın ağrılarını, kıpırdayamazlığını, nedensiz heyecan ve coşkularını anlayabilir; hiçbir şeyi gereksiz bulmaz. Nasıl yaşadığı ancak bu şekilde öğrenilebilir. Neden uzun ya da kısa yaşadığı da; müzik bittiğinde her şey biter çünkü. Nasıl öldüğümüz finalinde belli olur; sancılar ağır ağır tekrarlanarak mı, hiç biteceği yokken noktalanarak mı – en kötüsü bitip bitmediği belli olmadan mı...

İşte burada ne konuşma yapılır ne başka bir şey. Üst kata çalacak olan kimseler çıkar; alt katta dinleyiciler bulunur. Müzik bittiğinde, kalabalık sessizce dağılır. Yorgundur... herkes yorgundur bunca sözden sonra.

Bu kafamdaki koca şapkayı neden takıyorum, biliyor musunuz?

– Seviyor muyum?

– Yoo.

– Alışkanlık mı?

– Hayır.

– Boyum mu uzuyor?

– Bu kimin aklına geldi?

– Kelimi mi örtüyor?

– Bunun kimin aklına geldiğini biliyorum.

– Simge diye mi?

– Asla. (Bu kadar basit bir yol seçmem.)

– Anısı mı var?

– Bir şapkanın içine ne kadar anı sığabilir...

– Armağan mı?

– Tanrı korusun!

– Başka ne sebep kaldıysa ondan mı?

– Belki.

Bulamadınız mı? Oysa ne basit.

Ben pek sıradan bir kambur sayılmam. İspanyolların *jorobado** dedikleri türdenim. Önden bakınca cüce, arkadan bakılırsa koca bir tümsek. Nereden bakılacak, peki? Yandan mı? Olabilir? Bakışlarımın çok derin ve keskin olduğu kanısındayım. Ama bunu söyleyen hiç olmadı. Burnum içinse, "burun" demek pek hafif kalır. BURRUNN demek (şeddeli) gerekir. Baktıkça pes diyorum. Tanrı beni bu şekilde yaratıp dünyaya gönderiverdi; ama, beni tekrar göreceğini düşünseydi, burnumun dörtte üçünü geri alırdı. Bu nedenle de, karşısında daha fazla kalabilmek için en korkunç suçları işliyorum. Saçlarımın önleri döküldü – daha doğrusu ben öyle sanıyordum; arkamdaki bir aynadan tepemin de açılmış olduğunu görene dek. Dişlerim gri-mavi ve öndeki iki tane birbirinin üzerine binmiş; bu nedenle ben onları tek diş sayıyorum. Neyse ki dudaklarım kalın değil. Özellikle üst dudağı kalın olan kimsenin melek gibi olmaktan başka çaresi yoktur; yanmıştır. En çok yakan şey ise, "Yandım" derken dudaklarının aldığı şekildir. En çok sağ elimin küçük parmağını severim. Küçükken bir kazayla kopmuştu. Kimbilir nerelerdedir, neler beceriyordur. Bunlardan gocunduğumu sanmayın. Yaşama pek katılmadığım için, bu tür primler hiç ilgilendirmez beni. Çirkin insanlardan iğrendiğim kadar güzel-

(*) *Jorobado*, İspanyolcada zaten 'kambur' demek.

lerden de iğrenirim. Hatta diyebilirim ki, estetik kaygısındaki her şey iğrendirir beni.

Size bana yakın bir insandan bahsedemeyeceğim; böyle biri hiç olmadı çünkü. Arkadaşlık diye bir şey yaşamadım şimdiye dek – her aklıbaşında her insan gibi. Çünkü birilerini kandıracak, her gün yeni bir şeyler ve "kendim" diye anlatabileceğim bambaşka bir kişilik arayacak kadar ne zamanım oldu ne de gücüm. Hayal ürünlerinden, bunların mükemmelliğinden bile sıkılınırken, aslı ne olurdu kimbilir? Şimdi eve gidiyorum; akşam olmak üzere. Her gün ne yaparım ben? Günlük bazı alışkanlıklarım olduğunu; bunları yapmadan yaşayamayacağımı söylerim kendime; ve olsaydı, bir arkadaşıma. Oysa bu doğru değildir. Yaptığım benzer işler rastlantı ya da dalgınlıktır – başka değil. Her sabah üzümlü kek yediğimi sanırım, ve birine söyleyebilseydim, böyle derdim: "Ben her sabah üsümlü kek yerim; o kadar." Karşımdakinin özelliğime, şaşmazlığıma... hayreti, hoşuma gider. Bu nedenle birisiyle yaşamak korkunçtur. Geldiğinde, üzümlü kek yemediğimi anlamasın diye, her sabah yemeye başlarım. Etken taraf ben olduğum için, o da yemeye başlar. Oysa iki üç gün sonra, zeytin peynir burnunda tüter, ve dördüncü gün beni terk eder. "Oh" derim, benim de içim bayılmıştır. O kendi evinde, ben kendi evimde, birbirimizden habersiz, zeytin yemeye, avucumuza tuz döküp yalamaya başlarız. Biraz aklı varsa (çok değil), ilk fırsatta, benim şeklimde bir kek yapıp fırına sürer. Yakmaktır amacı; ama bunu kendine itiraf etmez, "dalgınlık," der.

Bir alışkanlığınız varsa, bu daha da kötü. Yeni birine kahveyi şekersiz içtiğinizi ezberletene kadar kaç şekerli kahve içeceksinizdir, kim bilir. Kırmamak için pek bir şey söylemeyecek, katlanacaksınız. Bir gün, dayanamayıp, yine sade kahve isteyip, onu sevdiğinizi söylediğinizde, "Hadi, hadi" diyecek, "seni tanıdığımdan beri şekerli içiyorsun." Kinlenecek, sırf bu yüzden kinlenecek – kolay kolay da içinizden atamayacaksınız.

Kolumdaki bu saat var ya, ondan ölesiye nefret ederim. Hiç geri kalmaz çünkü. Beni bu hale getiren odur. Biraz geri kalsaydı, bazı belaları, geciktiğim için savuşturabilirdim. Oysa nereye gideceksem tam zamanında orada bulunduğum için, bela da beni bekler bulurdu. (Savuşturabildiklerim bile tekrar bileniyor.)

Benim neyle geçindiğimi merak ediyorsunuzdur; ama parayı nereden bulduğumu size anlatmaya hiç niyetim yok. Sonra bekçiyi polisi peşime salın, değil mi? Her şey beklenir sizden, her şey. Elinize düşmeyeyim, kamburumun üstünde rakı içersiniz, peyaz peyniri kafama koyarsınız, kavunun yerini söylemeye dilim varmıyor; ama, işaret ediyorum işte – gören görsün. Ha, ha! Baktınız işte hepiniz...

Yaşamım boyunca beş altı kitap ya okudum ya okumadım – onların da sonuna dek katlanamadım. İçlerinde biraz olsun sevdiklerim de oldu tabii; ama sevdim diye bitirmek, dibini almak, en son sayfaları bile parmak izine boğmak zorunda mıyım? Üstelik kimsenin sonu, ..., ... göre .... b .... için, ... Her şeyin.................................. ne olabilir? Birisinin ölümüne üzülmek bile, o kimse için bambaşka bir ölüm düşlediğiniz içindir. O nedenle, insan yaşamı yarıda bırakıp, başka bir şekilde çekip gitmelidir. Yaşayanlar arasında bulamadığını orada bulabilir. Tıpkı cümleler gibi: Çoğu cümlenin başı doğru, sonu yalandır – bunun gibi... Cümleleri tamamlamanın gereksizliği ve zararı da buradadır. Tek bir kelime söyleyip, ya da biraz ilerleyip, susabilirsiniz. Nasıl olsa gerçeğe ihanet etmeden bir şeyi anlatmanın olanağı yoktur. Daha söylerken, içinizdeki ses ile dış sesinizin ne denli farklı olduğunu hisseder, ve BEN SÖYLEYEMEDİKLERİMİM, dersiniz. Öğrenilen tüm gerçekler, başkalarına söylenen yalanlar sayesinde bulunur. Oysa içtenlik, gürültüden başka bir şey değildir. Bazı şeyleri içten yaptığını söyleyen, buna inandırmaya çalışan içi boş insanların içtenliklerinden çıkan kof ses, kafa şişirmekten başka bir işe yaramaz.

Söylediğim bir şeyi savunuyorum mu demektir? Söylemek savunmanın bir biçimi mi? Oysa ben söylediğim her şeyi, yarı yarıya, hem savunmak hem de yerin dibine batırmak istiyorum. Söz aynaysa, yansıtır yalnızca – hiçbir zaman kendisi değildir. İnsanlar bu aynaların düz mü eğri mi olduğuyla ilgilidirler; benimse aynaları kırmak, en büyük zevkim.

Benden, bana kayıtsız kalınması ile benden nefret edilmesi arasında bir seçim yapmam istense, tereddütsüz, nefreti seçerim – kayıtsız kalınacak bir yanım yoktur. Ve ben söylemek isterim ki, her şeye ve herkese kayıtsızım. Değilmişim gibi davrandığım durumlar, yaşıyormuşum gibi yapma zorunluluğumdandır.

Bana sorulsa bir gün "Kamburunun düzelmesini mi istersin, yoksa tüm insanların kambur olmasını mı?" diye, herkesi kambur görmek olurdu dileğim. Yerden yüksekliğimin bu gülünç santimleri yüzünden, yaşama da ölüme de sizlerden daha yakınım. Daha sonraları yerimi yadırgamamak için, yükselme isteğini bir türlü anlayamam.

Zaten bir portakalın doğusu batısı olduğuna inananlardan değilim – dolayısıyla dünyanın da...

Bana renk bile sormayın – bir beyazdan ya da sarıdan ne anladığınızı bilmeden size yanıt veremem.

Bu yeryüzü panayırında hiçbir şey yapmadan durmak; sizleri seyretmek uğruna, sürekli para ve değerli şeylerimi veriyorum. Panayırın ötesi uçurumlarla dolu – birkaç kez kenarına gittim; ama gördüm ki o da eğlencenin bir parçasıymış. Kayıtsızlığımın bir nedeni de, yaşamda kendimi perdede seyrediyor gibi hissetmem. Müdahale edemiyorum (tamam, tamam "karışmak" da diyebilirim; ama, siz de müdahale etmeyin...) hiçbir şeye – yalnızca bakıyorum. Bu filme hiç ara verilmiyor; oysa susadım, sıkıldım. Ama çıkan da bir daha girmiyor, ve yanımdaki yöremdeki koltuklar ölülerle dolu; dayanamıyorum. Oyunumu beğeniyorum; ama bu oyun asla bana göre değil.

Gidip oturduğum yerde sıcak bir şey içtim, bir de gördüğüm ihtiyarlar nedeniyle, bilerek oyalandım. Sonunda kendilerine, omuriliklerine, ciğerlerine, bacaklarına... dönmüşlerdi. Havanın hoşluğu, yakmadan ısıtan güneş, yeşeren bitkiler, vesaire... karşısında hissettikleri tek şey; iliğimiz kemiğimiz ısınsın, soğuk algınlığımız çıksın; şu ot kaynatılıp içilebilir mi... Gençliklerinde sırf yaşları bunu gerektirdiği için yaptıkları gibi, güneşi, bitkileri, havayı... bir duygu gibi koklama ve saçmasapan konuşma zorunluluğundan artık kurtulmuşlar, canlarının derdindeler ve gereksiz gevezeliğe pek girişmiyorlar. (Girişenlerin bu hareketi artık sularının iyice ısınmış olmasına verilebilir.)

Biraz daha oturup, kalktım. Tuhaf bir müzik geliyordu; dönüp yürümeye başladığımda, filmlerin finallerinde olduğu gibi, sırtımda sanki THE END, yazacaktı.

Dönüp baktım; yazmıyordu. Yaşama devam etmek zorundaydım.

Sanırım yaşayabilmenin bir yolu da, kötü alışkanlık denilip yaka silkilen şeylerden kendinize uygun olan birine saplanmak, bir şeyin tiryakisi olmaktır. Yaşamınızı kolaylaştırdığı gibi ölümünüzü de yakınlaştırır. Başkalarını da alıştırabilme gibi bir eğlencesi; alışmamakta direneni, dolaylı yoldan zehirlemenin oyalamasıdır.

Çünkü bu çok kolaydır, ve uç nokta sayılan, o tip olduğu varsayılan insanlara yakıştırılan bu alışkanlıklar, sıradanlığın en katmerlisidir. Dünyada kıpırdamadan durmak, her türlü oyalayıcıyı, bulanıklaştırıcıyı... reddetmek kadar güç ve sıra dışı bir şey olamaz. Herkesin gelmeyeceği herkesçe bilindiği halde (bilmeyen beklediğini de bilmiyordur; o nedenle üzerinde durmaya değmez), beklediği şeyleri, farkında değilmiş gibi kıpırtısızca beklemesi, olanı biteni sessizce izlemesi, zamanın tüm ağırlığını ve saydamlığını her saniye tüm netliğiyle görmesi – ve, yine kıpırdamaması gibi... İşte yaşamın en uç noktası budur.

(Hemen, hayatında sütten başka bir şey içmemiş ahmak dedenizi örnek vermeyin –örneğinizden kimin torunu olduğunuz da zaten anlaşılıyor– bir daha da sözümü kesmeyin.)

Bütün kadınlar benden genç; daha doğrusu, öyle diyorlar. "Genciz!" Bir şey demiyorum –ne diyeyim–, ama atlamıyorum da üzerlerine.

– Siz hanımefendi, benden yaşlı olabilirsiniz; ama, nasıl olsa fark etmiyor artık; ikimiz için de. Hangimiz daha genç hesabını içimizden yapıyoruz; çünkü artık bu seslerimizle gençlik tartışması yapacak halimiz yok.

– Size bir şey sormak istiyorum, hanımefendi:

– Ben?

...

– Evet, ben neyim sizce?

...

– Bana bir şeyler söyleyin. Geçen gün deli gibi yağmur yağıyordu – çok fazlaydı, çok. "Ah ne hoş!" demiştiniz. Bana da bir şeyler söyleyebilir misiniz?

...

– Neden sizin özleminiz ben değilim – beni denemediniz ki...

...

– Öyle mi?

...

– Peki hanımefendi...

İşte böyle. Maceraları kafamda yaşasam da zaman kaybetmesem – hem de hırpalanmasam – hem de yalancı durumuna düşmesem...

Korkak mı olurum – kendini esirgeyen mi – suçlu mu – aldatan mı... Ah, bir olsam – o zaman her şey olurum.

Şimdi biraz bir şeyler çalmalıyım. Yedi sekiz saat çalar, bu yedi sekiz saatin sonunda, müzisyen de olmadığımı anlar, zaman kazanırım. Evimdeki kontrbas iyi mi kötü mü, bilemiyorum; ama, ne fark eder... İyi deyip kandırabileceğim, kötü deyip beni (kandıramazlar) şüpheye düşürecek insanlar var. Her neyse – biraz para eder. Bir ömür boyu bu aleti çalmak için çaba harcayanlar, zevk aldıklarını sananlar, zevk alanlar (en kötüleri bunlar)... var. Oysa bunu satıp parasını bir saat içinde yiyen biri, bu aletten bir ömür boyu alınacak zevkten fazlasını alır.

Sanırım dünyada öğütlenebilecek tek şey ahmaklıktır. Çözümü olmadığı gibi, kalıcılığı da diğer parlak yanıdır. Dünyanın her yeri eş dost olabilecek kimselerle doludur; şekere ve tatlıya bayılırlar (bunların zihin açtığı görüşü ise, avuç avuç şeker yiyen ahmakları gören biri tarafından uydurulmuş olabilir).

Birine, bir çocuğa "Ne akıllısın!" demek korkunç bir şey. İnsanı ömrü billah sersem etmenin en etkin yolu... Böylece rahat ve sıradan şeyler yapabilme şansı tümüyle elinden alınmış olur. Benden yaşça büyük bir ablam vardı. Evin akıllısı söylene söylene yaşamı zehir edilmişti. Bugüne dek ne bir mektup yazabildi ne dolu bir sınav kağıdı verebildi ne de orta zekâda bir kimsenin bile ister istemez gelebileceği bir yere geldi. Akıllıydı ne de olsa... Saçma sapan, hatta bırakın saçma sapanı; eli yüzü düzgün, normal bir mektup, onun gibi birine yakışmazdı. Sanatsal bir şeyler olmalıydı – yüreği titremeliydi, okuyanın. "Böyle şey görmedim," demeliydi. Bu nedenle yazdığı her mektup posta kutusu yerine çöpe gitti.

Öğretmenin bildiği şey, yine öğretmene anlatılır; üstelik, yazılıp eline verilir miydi? Sınav kağıtları hep boş olurdu bu yüzden. Herkes – ama akıl almaz herkes– (bu kelimeyi kullanmak istemiyordum ama...) geçti; o, kaldı. Orta ikiden belge aldı. Bundan utanmadığını; tersine, gurur duyduğunu göstermek için belgesini çerçeveletip odasının baş köşesine astı. Yan taraftaki kitaplığı, zevkli eşyaları, vesaire dururken, herkesin gözü belgedeydi. Çabuk akıllandı – hemen indirdi onu oradan.

Daha sonraları bir sevgilisi oldu. Sanırım onu elde edişinin nedeni, yürek paralayıcı, hazin bir şekilde, terk edebilmekti. Ona, ahmaklığını, hiçbir şeyden anlamayışını... film gibi bir sonla, ödetecekti. Hep dizlerini dövecekti, hep. Birkaç hafta geçti; henüz beklemedeydi. İyi bir ortam kolluyordu – mükemmel, kalbi çizen bir ayrılış olmalıydı. Adam onu henüz anlayamamış, tanıyamamış ve sevememişti. Göz çukurlarına yerleşmiş parlaklıklarda bir türlü kendini göremiyordu. İyice hırslandı. Böyle birine ne yapılabilirdi... Deliler gibi konuşuyordu, adam ona, bilmem kimin taklalar atılası bir becerisinden bahsediyordu; ince esprilerine sözde komik "Adamın biri..." fıkraları karşılık geliyordu; asaletini göstermek için sade ve zarif giyiniyordu; adam ona üst baş almayı teklif etti. Görülmemiş duyulmamış ne varsa yaptı; adam sözünü kesip yine fıkra anlattı. Bizimki gökyüzüne bakarak konuştukça, adam yerin yedi kat dibindeki tüm süprüntüleri üzerine attı. "Belki bu adamdan bir şiir dizesi olsun çıkabilir," diye düşünüyordu başlangıçta. Ama yaşadıkları gözünün önüne gelince, böyle bir şiirin olsa olsa Playboy'da yayımlanabileceğini anladı. Bir gün ufak bir fırsat geçti eline; yeterli değildi, ama denenebilirdi. Adam onu yine anlamamış, daha da kötüsü, yanlış anlamıştı. Profilini çevirdi (oldukça güzeldi; bayağı bir yeri yoktu), birkaç dakika öylece durdu. Artık adam bir şeyler hissetmiş olmalıydı – aniden hışımla dönüp, kapıya doğru yürümeye başladı. Arkasından koşması, kapıyı tutması, yalvarıp yakarması gerekiyordu – nerde... Ayak sesi bile yok. Bu nedenle biraz yavaşladı; ağır ağır gelen ayak sesleri duyuldu. Kilitli olmayan kapıyı açmakta zorlanır gibi yaptı. Adam gelip "Nereye?" dedi. Düşünün bizimkinin halini – diye diye "nereye" diyor. Ne yapsın? Olmadı; böyle terk etmenin hiçbir estetik yanı yok diye, vazgeçti. Tabii vazgeçtiğini hemen belli etmedi; yalandan, kapıya bir iki yekindi; hepsi o kadar. Bari barışma sahnesini biraz şiddetlendireyim diye fazla kuvvetli sarılmış olacak ki, adamın aklına başka şeyler getirdi. Olan oldu. Bunu isteyerek yaptığını kimse söyleyemez (ben hariç). Neyse – bir iki filmde benzer sahneler görünce biraz olsun rahatladı. Bunu, bu kaçıp gidişi her deneyişinde başına aynı şey geldi – sonunda, kapıya yöneldikçe, adamın gözleri parlar oldu. Arayı soğutmayı denedi; geçen zamanda, adam akıllanacağına yeni hikâyeler öğrenmişti anlatmak için. Ve sonunda geldiği gibi sessizce, gitti.

Güzelce bir piyanosu vardı; ama kafasındaki müzikle parmakları arasındaki fark tüyler ürperticiydi. İşin asıl kötü yanı, kendini piyano başında olmadığı her yerde piyanist gibi hissetmesiydi. Yıllarca ya piyanonun başında hayal kurdu, ya da plak çalarken orada oturdu. Tüm enerjisini hayallerle tükettiğinden olacak, geriye bir şey kalmıyordu. Yükselmek için yekindikçe bulunduğu çukuru derinleştiriyordu. Bildiği tüm renkler, gri, koyu kahverengi ve sarıdan ibaretti (yenilginin tüm tonları). Bildiği tek kokuysa, yanık kokusuydu. İnançsızlıktan ve cesaretinden dolayı hiçbir şeyden, hiç kimseden kaçamıyordu – hep ortalıktaydı, en orta yerde...

Herkesin doğumundan itibaren inşa etmeye çalıştığı bir bina vardır. Yığarlar tuğlaları üst üste, yalan yanlış, eğri, fark etmeksizin. (Düzgününü de görmedim.) Geri çekilip baktıklarında gurur duyarlar. İşin tuhafı, herkes de hayrandır. Onun da oldu tabii; ama nereden bakarsa baksın, beş altı tuğladan fazlasını göremiyordu. Bazen galeyana gelip, yedi sekiz tuğla birden koyduğu da oluyordu; ama akşama kalmadan hepsini deviren yine kendisi oluyordu. Bu çatısız duvarsız binada tüm yağmur, kar, fırtına, üstüne üstüneydi. "Oh – rahmet..." demeleri çok uzun sürmedi.

Kendine az biraz benzeyen (buna inanmak istediği) yalnızca çeneden oluşmuş birkaç arkadaşı vardı. Ama onların yanında büsbütün silahsız kalıyor; çareyi, kendine hiç benzemeyen, apayrı, onu hiçbir zaman anlayamayacak insanlara kaçmakta buluyordu. Kendini unutmanın, tekrar ettirmemenin, ekranda izler gibi rahat olmanın tek yolu buydu. Dostlarına (pek densiz bir söz) karşı süngüsü düşüktü. Ağrıya ağrı ekleniyordu, daha fazla acı çekmek için bir araya geliyorlardı sanki. Ve bir buluşmanın üzerinden birkaç ay geçmeden kimsenin kimseyi göresi gelmiyordu. Hep aynıydılar çünkü – hep aynı... Söyledikleri, yaptıkları yeni bir şeyse, akşama kalmadan devrilen o birkaç tuğladan ibaretti. Zaten bir şey anlatmaya inançları yoktu; anlatabiliyorlarsa, hissetmiyorlardı. Dört bir yandan yükselen binaların karanlığında, gökyüzünü de göremez oldular.

Tuhaf yaşamına uygun tuhaf şiirleri vardı. "Tuhaf, bunlar," dendi. Aklımda kalmış ufak bir bölüm var.

Yanılıp da ayrılırdı kel kurbağalar
Şimdi hiçbir şeyi sevmiyorum
Yalnızca düşlüyorum
Karabataklar kaygısız mı sanki
Neden demem, bilsem de demem
Yok ki buralarda, yok ki
Sanki bazen belki
....

Bir gün çalışmaya karar verip bir işe girdi. Yanında getirdiği alkolle, masayı, koltuğu, erişebildiği her şeyi sildi. Masanın karşısında duran iki konuk koltuğunu dışarı taşıdı. Yemek saati gelmişti. Biraz yürümek istedi, olmadı. Yemekte önüne gelen böreği kesmeye çalıştı, sonunda en postal yerinden bir parça koparabildi; ama, ona bakanlar olduğundan bir türlü ağzına atamıyor, ha bire su içip duruyordu. Gözünü az ilerideki anlamsız bir noktaya dikti. Biraz sonra, ona bakmakta olanlar da ister istemez başlarını oraya çevirince, çatalı hemen ağzına götürdü. Ona döndüklerinde yine su içiyordu. İşin (!) başına döndü. Pencereden baktı pek bir şey göremedi. Her şeyi tekrar çantasına doldurup, onu işe alan müdürün (dünyanın yarısını müdürler oluşturur; öteki yarısını da müdür muavinleri...) odasında aldığı soluğu.

– Yıllık iznimi istiyorum.

– (.................) ....; ....

– İstifa ediyorum.

Dışarı çıktığında, şimdiden sonra yapabileceği tek şey vardı: Bunu millete bir marifet olarak anlatmak. (Ama bu pek işe yaramadı, çünkü işe girdiğinden kimseye söz etmemişti.)

Tavsiye ettiği kitapları kimse okumuyordu ki, o da sonlarını öğrensin.

Üç büyük korkusu vardı: papazlar, eşcinseller ve aşıklar.

Ona göre bu kızkuruları ve azgın dullar tecavüz haberlerine inanmamakta haklıydılar.

Sapkın olduğunu söyleyen arkadaşlarına, bunun nedenini sorduğunda, önce ellerini çekmesini istediler.

Yaşı da epey ilerlemişti.

– Ne yapayım; gün geçmiyor ki bir gün de geçmesin.

Ama mihrabı yerindeydi.

– Düzgün bir fizikle yapılamayacak şey yoktur – menapoza kadar...

Hiç de sanıldığı gibi ilgi beklemezdi – bekleyecek sabrı yoktu.

Şair olmasaydı şiir düşmanı olurdu.

Bildiği bazı şeyler vardı; ama onları bir türlü hatırlayamazdı.

Aklının başında olmadığını söyleyenler, bunu onun da bildiğini düşünemediler.

Ve bir gün başından savmak istediği arkadaşlarını eve davet edip bir sürü hazırlık yaptı. Fincanlar dolusu kahve içildi, bir sürü şey yendi. Tabaklar boşalıp, artık herkes daha fazla yiyemeyeceğine yeminler edip, kaşıkları fincanlara tersyüz edip koyduktan sonra, kulağının arkasında bir kalem, elinde bir defterle odaya girdi. Birinin önünde durup, "Üç kahve: 30.000... İki dilim börek: 20.000... Bir dilim kek: 10.000... Üç çeşit kanepe: 12.000... Bir bardak su: 4.000... Tuvalet parası: 1500..." diye yüksek sesle ve ciddi bir ifadeyle hesap yapıp, adisyonu önüne koydu. Şaka sanıp kıkırdayanların da başına aynı şey geldi. Biri, kekin yarısını yediğini; ısrar edilmeseydi bu kadar yemeyeceğini; böyle bir yer için fiyatların yüksek olduğunu söyleyip itiraz etti. Bizimki odanın ortasına geçip "Hadi çabuk – kapatıyoruz," diye bağırınca, işin şakası kalmadı. Paraları cebine atıp, arkalarından kapıyı çarparak kapattı. Sonra, aniden tekrar açıp, "Fiş isteyen var mı?" diye bağırdı.

İnsan kardeşini bu kadar tanıyabilir mi?
Kardeşi yoksa, elbette.

Canım sıkıldıkça karıştırdığım bir günlüğüm var. Belki de haftalık, aylık, hatta yıllık demek daha doğru olur. Yine karıştırıyorum, bu akşam. İşte ilk sayfa:

3 EYLÜL 1839, SALI, 23.00

Bugün 3 Eylül. Yarın, 27 Haziran olacak. Dün, 5 Eylüldü. Bugünü ileride hatırlamasam, iyi ederim. Baksanıza şu anda bile söyleyecek hiçbir şeyim yok. Yıllar önce okuduğum bir çocuk kitabında, 3 Eylül tarihini heyecanla bekleyenler vardı. Geldi işte – n'oldu? Bir şey mi varmış?..

21 KASIM 1897, CUMA, 22.43

Bu sabah Napoleon'a bir mektup yazıp, gemiye yüklediği konyaklardan bir şişe de bana ayırmasını rica ettim. Mektubu bir tarih kitabının arasına koyup (denize atmadım canım – siz de...) fırlatabildiğim kadar uzağa fırlattım. Elbet bir gün eline geçer – acelem yok.

22 KASIM 1897, CUMARTESİ, 22.30

Konyağım gelmedi.

23 KASIM 1897, PAZAR, 22.30

Konyağım hâlâ gelmedi.

24 KASIM 1897, PAZARTESİ, 22.30

Konyağımın artık gelmesi gerekiyordu – postacıdan şüpheleniyorum.

26 KASIM 1897, ÇARŞAMBA, 22.35

Postacıyı sorguya çektim. Hayatında hiç konyak içip içmediğini sorup, ağzını aradım. "İçmez olur muyum; bayılırım," dedi. Arkamda sakladığım bir çift tahta takunyayı kafasına iki taraftan yapıştırdım. Şimdi çok pişmanım; bu davranış bana hiç yakışmadı. Haftaya dek beklemeli; onu içeri davet edip zehirlemeliydim. Lanet olsun – tezcanlılık işte!

8 MART 1926, CUMA, 23.05

Sırf ileride senin canın sıkılmasın diye, bir şeyler mi yazmak zorundayım? Sen önüme geçip, bana yazdın mı ki? Zorlama beni – zaten kar yağıyor.

30 OCAK 1939, SALI, 00.07

İşte beklenen gün – bugün doğdum. Yarın ölmezsem, yaşamım boyunca yapacaklarımdan sorumlu değilim.

4 ŞUBAT 1939, PAZAR, 22.45

Annemden hiç hoşlanmadığımı söylemek zorundayım. Göğüsleri kuyu anası gibi – üstelik konyak da gelmiyor.

5 ŞUBAT 1940, PAZARTESİ, 22.50

Doğmak istemiyordum – bazen yok olmayı dilesem de...

8 EKİM 1945, SALI, 22.38

Yaşamdan sıkıldığımı söylüyorum. Bunu söylemek, daha doğrusu bunu söylemeye hak kazanmak için otuz kırk yılın geçmesini bekleyemem – sıkıldım işte... Yapacak hiçbir şeyim yok. Ay üzerine bir şiir okuyordum bu akşam, bunun birini hicvetmek için yazıldığını düşünürken, adamın biri aya baktığımı görünce

Aydede, aydede
Akşam güneş batınca
Yakarsın fenerini
Yıldızlara göz kırpar

vesaire, vesaire, bir şeyler zırvaladı. Bu adam üstelik benim babammış. Hey Tanrım! Kimse benden bir şey beklemesin. Sırf bu olay yaşamımın nasıl geçeceğini gösterdi. Gözümün içine baka baka "Ay Dede, Ay Dede" diyor. Kendinden emin ve memnun – ezbere okuyabildiği bir şey var.

18 ARALIK 1947, CUMA, 22.00

1947'ye gelmişiz. Sevinilecek tek yanı, bu yıl da ölecek bir sürü insanın olması.

18 ARALIK 1948, SALI, 23.00

Tanımakla görevlendirildiğim kişi ben miyim?

12 OCAK 1949, PERŞEMBE, 22.40

Hayran olduğum şairler boş bulunduğum bir an beni arkadan bıçaklayanlardır. Yüzüm dönük olsa, bunu kimse beceremez.

2 HAZİRAN 1950, PAZAR, 22.15

İşte bir pazar günü daha – ne yapacağınızı merak ediyorum doğrusu...

3 TEMMUZ 1951, CUMA, 23.03

İradem, tutsak olduğumu anlama özgürlüğümdür.

12 EYLÜL 1954, PERŞEMBE, 22.25

Şunu da yazayım da yatayım bari...

1 KASIM 1955, SALI, 23.50

Bir günü daha bitirmenin sevincini, yarına başlıyor olmam yarıda bırakıyor.

11 MAYIS 1957, PAZARTESİ, 22.40

Dua etmeyeniniz var mı? Beddua da mı etmediniz yani?

24 ŞUBAT 1960, CUMA, 23.15

60'lı yıllara başladığımız şu günlerde, 50'li yıllarla ilgili anlatılabilecek hiçbir şeye inanmamanızı öğütlerim. (Bu söylediğim de dahil.)

19 NİSAN 1962, ÇARŞAMBA, 22.40

Yakınlarda bir yer var; öğle üzeri gidip tahta bir masaya oturdum. Masanın çatlaklarına parmaklarımı sokarak biraz oyalandım. Ortalık, "Denedik olmadı. Ve yenildik. Ve sustuk" diyenlerle, eksik dişlerindeki parmaklıktan hâlâ dışarı bakmaya çalışanlarla dolu. Dalgalara bakıyor gibiler – ama burada deniz yok. Daha doğrusu, var ile yok arası – karar vermek güç. İçtiğim şeyin içinde buz var. Ama buzlarda hiçbir kalıp izi, köşe falan yok. Sanki garson getirmezden önce ağzına atıp emmiş – bu zahmete deyecek ne yaptım? Şu ileride bir dağ var – dağ değil de, tepe bu – tepe de değil; bir düzlük. Dağlara bayılırım; elma kurtlarına, ters döndü mü düzelemeyen böceklere, bayılırım.

Yanımdaki masaya bir adam oturdu. Benimle ahbaplık etmek ister gibi bir hali var; debelenip duruyor. Boyu benimkinden de kısa, yüzü de çiçekbozuğu olduğu için beni kendine yakın buldu, sanırım. Ama ben çiçekbozuğu olmadığım için (inanın benden beş beter) bu işten hiç hoşlanmadım. Evet, laf attı utanmaz.

– Nasıl gidiyor?

– Ne?..

– Ne bileyim; hayat işte. Senin hayat felsefen ne?

– Hayat felsefesi yoktur – hayat vardır. Hayat felsefesi insanın bunu örtbas etmek için uydurduğu sözlerdir.

– İnsanın değil; kişinin...

– Sen kişi misin?

– Galiba.

– Kaç kişisin?

– Bilemiyorum; epey olmalı – ya da yoktur böyle bir şey. Ama bazen neşeleniyorum; nedense, durup dururken.

– İyi, iyi... Ama, dişini kırma. Neşeler de çerezdir, yaşamın bu acı içkisini rahat içebilmek için.

– Ne yapıyorsun?

– Bakıyorum.

– Nereye?

– Bilsem söylemez miyim...

– Kendinden bahsetsene.

– Ben de senin kadar biliyorum.

– Ne işe yarıyorsun?

– Başka bir işe yaramıyorum.

– Bazen buraya gelip de hiçbir şey göremeden...

– Niye geliyorsun ki?

– Gelip gelip de...

– Yetmiyor mu?

– Sanki yaz değil de, altmış yıl öncesi gibi.

– Karın var mı?

– Var – iyice çirkinleşti.

– Bed karı...

– Erkek kardeşi güzeldi.

– Onu alsaydın...

– Epeyce düşündüm aralarında; ama niyeyse, kızkardeşini aldım.

– Akılsızmışsın.

– Ama akıllandım – karımı erkek kılığında gezdiriyorum.

– Neyse...

– Neyse...

– Neyse...

– Eh, neyse...

Ne olursa olsun o buz emilmemeliydi.

9 EKİM 1965, PAZARTESİ, 22.25

Bardağı elime aldığımda sarhoş oluyor, içince ayılıyorum. Çakırkeyif olmak için ne yapmalıyım?

15 EKİM 1971, CUMA, 22.40

Bugün birisi politik görüşümü sordu. İster politikayla ilgileneyim, ister nefret edeyim; ne yanıt verirsem vereyim, açığımı yakalayacak. Neden tuttuğum takımı ya da burcumu sormuyor – daha insaflı olmaz mıydı?

30 MAYIS 1974, PAZARTESİ, 22.08

Bir şeylerin, insan soyunun devamı olmak beni öyle sıkıyor ki...

12 MART 1979, PERŞEMBE, 22.40

Güven, güven, güven...

Güvendiğim tek şey, bir gün ölecek olmam.

16 EKİM 1983, SALI, 22.25

Toz...

Her yer toz içinde. Gözlerimi silip, yaşamın tozunu almam gerek.

Biraz pamuk...

Biraz alkol...

Biraz kemik sesi, biraz kuşku ve kendime ihanet gerek.

20 OCAK 1985, CUMA, 23.35

Bu kış duruyorum. Geçen kış yine duruyordum. Böylece kışları yapacak çok işim oluyor. Sanki geçirmiyor da, eskitiyorum. Durduğu yerde... Her şey, olduğu yerde. Artık kendim diken oldum – ayakkabısız gezebilirim.

27 AĞUSTOS 1988, ÇARŞAMBA, 22.15

Daha sakin yaşamalı, günlerimi daha boş geçirmeliyim – kendimden utanıyorum.

5 ARALIK 1989, SALI, 23.00

Dün gece yattığımda, uyursam bana yapılan haksızlıklarla dolu bir rüya görebileceğim aklıma geldi. Saatlerce durdum, düşündüm, kavga ettim, ve bir rüyada olabileceği gibi, bunların beni ele geçirmelerine izin vermedim. Sinirden hâlâ titriyorum.

28 EKİM 1990, PAZAR, 22.11

Gözlerimi açtığımda düşlerimin büyük kısmını; bazen hiçbirini, hatırlamıyorum. Eksikliğini ve acısını çektiğim tek şeyse, bu. Düşlerimin, hayallerimin bile ne olduklarını bilmemek... Oysa, düşlerdir insana gerçeği anlama, gerçeği çarpıtma, ya da gerçeği aşma imkânı sunan.

30 ŞUBAT 1991, PERŞEMBE, 23.40

Bir su kaplumbağasının kafasını çekip koparabilmeli, insan olmak için.

İnsan ara sıra evini yakmalı – ve çıkıp seyretmeli.

1 MART 1989, SALI, 22.15

Bugün her şeyi atıp, yalnızca Doidaio adlı bir kitabı bıraktım. Bu kitap, dünyanın en faydalı kitabıdır. Boyutları öyle idealdir ki, onunla istediğiniz sineği öldürebilirsiniz. Mükemmeldir.

4 HAZİRAN 1991, CUMA, 22.40

Kendine inananın yaşayabilmesi, mümkün değil – kendine inanan, başka hiçbir şeye inanamaz. Başkalarını inandırma çabası, kendine ait inanç kırıntılarından bir an önce kurtulma isteğidir. Ah, bu söylediklerime de bir inanan olsa... – olsa da hemen bunlara da ihanet etsem.

İnanç ile şüphe etmenin dışındaki yol nedir ki...

İnanç, bilmediği halde şüphe etmemek; ötekiyse, bilmediği halde şüphe etmektir.

12 ŞUBAT 1992, ÇARŞAMBA, 22.45

Acıdan bahsediyorum sürekli. O korkunç acıdan. Ölümü hissetmekten, vesaire... Karşımdaki, ezile büzüle, acıyı benim kadar tanımadığını; hissedip yaşayamadığını, söylüyor.

Ah, koca kafalı – ben kimseden bir şey öğrenemeyecek miyim?

22 NİSAN 1993, PERŞEMBE, 22.35

Bir büyük oyun var etrafımda oynanan; bir de küçük, benim oynadığım. Yine de ayaktayım çoğu zaman. Hiçbir şeye inanmıyor, yine de yaşıyorsam, bu oyun değil de nedir?

14 KASIM 1994, ÇARŞAMBA, 22.20

Yaşamda biraz gizem var – onları yazmıyorum. Biraz da başka şeyler var – onları da yazamıyorum.

Evet, hiçbir şey yapmıyorum; çünkü, yeteneklerimi harcamak istemiyorum – daha fazla da zorlamayın; bırakıyorum işte.

....

....

Yaşama hoyratça davranmaya alışkınım; çünkü bozuk para gibidir. Edepsizce değil ama, yine de harcamak gerekir; yoksa, tedavülden kalkabilir. Gerçi hiçbir zaman bu yaşadığım an kullanabileceğim param olmadı; ya zaman geçersizdi, ya da param – belki de ben... (Aslında bunun yanıtını biliyorum.) Bu nedenle, sahip olduğum şeyleri sanki parayla değil de, başka; bana ait olmayan bir zamandan çekip almışım gibi gelir. Sahip olduğuma, satın alabildiğime inandığım hiçbir şeyim yoktur. Uzatmak, eşyanın ve başka nesnelerin zamanının bana yaklaşmasını beklemek isterim. Bir yandan da, işe yaramaz ne kadar şey var, almaktan çekinmem – nasıl olsa benim değildirler... Zaten benim olmayan her şeyi alsalardı elimden, ne kalırdı geriye? Ayrıca, eğilip almam da demiyorum; ama, eğildiğimde başıma gelebilecek başka şeyler de var. Ahlakçılık yaptığımdan değil ama, o kadarı da eksik kalsın.

Korktuğum başıma geldi – daha doğrusu, başıma korkulacak bir şey geldi. Karşımda yıllardır boş duran (hep de böyle olur...) eve birisi taşındı. Aynı dünyada, ülkede, sokakta oturduğumuz yetmiyormuş gibi, tam karşımda duran biri var artık. Görür görmez nefret ettim. Sabahları erken kalkıyor; yiyor, içiyor, gazete karıştırıyor (ulaştırma bakanının adını bilecek kadar kültürlü olmasından korkuyorum). Boyu posu yerinde; ama, nasıl olsa, aynada hep yüzüne bakıyordur. Ve en kötüsü, bir KUŞBAZ. Dama çıkıyor – duaya başlıyorum–, düşmüyor. Dama çıkıyor – yalvarıyorum–, düşmüyor. Bu adam ile ben aynı çorbada kullanılabilir miyiz? Aynı çorbada eriyemeyiz bile. Peki niye karşımda oturuyor? Ona sormak istediğim bazı sorular var.

– Sabahları ne yiyip içiyorsun – yoksa çorba mı?

– Eve getirdiğin kadınlar, başlangıçtaki sıkıp burmalar için de para alıyorlar mı; yoksa, eşantiyon mu?

– Bir hatadır oldu; yaşıyorsun – bunu gizleyeceğine, niye ortaya çıkarmak için didiniyorsun?

– İki, üç, belki dört çocuğun var. Daha yere çöp atanlara niye kızıyorsun?

– Şunu da sorayım diyordum ama – hadi neyse...

Size bu Kuşbaz'la ilgili bir şeyler anlatayım – bakalım uydurabilecek miyim.

Evleri kötü bir film dekorundan arta kalmış, ya da oracıkta unutulmuş gibiydi. İnanılacak gibi değil ama, bizim Kuşbaz'ın anne-babası da vardı. Kuşbaz zekâsı ve yetenekleriyle henüz çocukken parlamıştı (evde – bu da çekingenliğine yoruluyordu). Evdeki eski konsolun üzerinde otururdu. "Eskiden bu konsoldan kimsede yoktu," derdi, annesi; biraz daha iyice olan babası ise, "Şimdi de kimsede yok," diye karşılık verirdi. Okula başladı, ve bu okul bir türlü bitmek bilmedi. İnadı da inattı – okudukça okudu. Bilgiye susamıştı. En sonunda okuldan aldılar; bu onun çok ince, duyarlı biri olmasına yol açtı. Bu özellikleri evdekileri şaşırtıyor, karı-koca birbirlerinin genlerini, soylarını araştırıyorlardı. Gezip tozmaktan zevk almıyor – zaten hiçbir şeyden zevk almıyordu. "Zevk" kelimesini de sözlükte epey aramış, ama bulamamıştı.

Neyse, neyse... Bunlardan neden bahsediyorum ki – sonunda Kuşbaz oldu işte; başka ne olur...

En canınızdan bezip "Benden bu kadar," dediğiniz anlarda, bir oyunbozan çıkar ortaya. Kendinizi yok etmeyi, en azından yok saymayı düşündüğünüz bir anda, birisi bir kahve ısmarlayıverir; ve bir kahveye fit olup, yaşama devam etmeye karar verirsiniz. Değişen bir şey yoktur tabii – ve bu kimse yeni biri de değildir. Bu, iyiniyetli olduğu sanılan, o anda yaptığının farkında olmayan insanlar yüzünden yüzlerce intihar önlenir; yüzlerce kopuk yaşam, çürük de olsa yaşamınızın rengine uymayan renkte iplikle dikilir. Önüne bakıp da renk farkını gören, daha fazla dayanamaz; ama nasılsa bu pek sık rastlanan bir şey değildir.

Çünkü insan kendisi için yaşamıyor; yığınlar için yaşadığını sanan, hiç yaşamıyor – geriye, bir iğne iplikle peşinizden koşturan birkaç kişi kalabiliyor ancak. Ve tüm uğraşılar, yaratılmaya çalışılan şeyler, öğrenilen sözler, başka kimseler tarafından beğenilmek bile, bu birkaç iplikçi için. İplikçisi (cep tiyatrosu) olmayanlar da vardır tabii; ama onların dikiş tutacak bir yanları da yoktur.

Ve yaptığım hiçbir şey benim seçimim değil: "Aydede" diye şiir okuyan bir babam vardı – yürüyebilmem bile mucize. Dudaklarım küstah; uyumlu olsun diye böyle konuşmak zorundayım. Gözlerim annemin (hem de onun); ona da kim bilir kimden kaldı.

Ve bu yaşa geldim, öğrendiğim tek şey, kahve ile şekerin asla bir arada olamayacağıdır.

Yaklaşık on beş yıl önce bir süre kullanmak üzere yaşamdan ödünç aldığım kontrbası artık geri veriyorum. O yalnızca iplerden biri – ve üç tane ip ele geçiren, birini çekip birini bıraka bıraka altmış yaşına gelir.

(Ancak, geri verdiğim şey kontrbasın kendisi; asıl vermek istediğim ise bu değil – onu, teslim oluşuma saklıyorum. Ölüm ile karşı karşıya gelen insan, başka hiçbir çaresi yoksa, teslim olur. Teslim olmak, ellerini kaldırmak değil, farkında olmak ve sonuna kadar tüm güçleri geri vermektir. Yani, müzik yeteneğini, diğerlerini, hep saklı tutulanları – hepsini...)

Müzikten uzaklaşmak, zamanı hızlandırmak, bir şakayı daha anlamak için çalıyordum kontrbası. (Yaşama katılmamak için yaşamak gerektiği gibi.) Yoksa müzik, şakadan başka bir şey değildir, ve sol anahtarının açabileceği bir kapı yoktur. Yalnış bir anahtar atılmış yeryüzüne – yıllarca kurcalar, her deliğe sokar, ve hiçbir yere uymadığını görürsünüz. Günde yedi sekiz saat çalmama gelince: Günde iki saat çalmış olsaydım, müziği sevecek (hiçbir şeyi çözemediğim için), kendimi ürkütemeyecek (insan olmanın ilk şartı), yaşam boyu sürünecektim. Hiçbir şeyi kaldırıp atamamak; fazladan, herkesin, her şeyin ayağına dolaşan bir baş belası olarak kalmak... (Bin yıl yaşasa bile – ki böyleleri bin yıl yaşar.) Yaşamdaki en büyük başarının, seçip ayıklayıp pek az şey bırakmak; önemli olanın, başarı sayılabilecek olanın, sevip yaptıklarınız değil, belli bir bilinçle kaldırıp attıklarınız, sizi meşgul etmesine izin vermedikleriniz olduğunu düşünürsek benim kontrbasımı bir an önce dişleyip, yok edip, fırlatıp atmam; tüketim ve tükenim sürecini elden geldiğince hızlandırıp, anlama değil anlamsızlığa, hiçliğe varmak istemem; bunun ötesini perişanlık ve beceriksizlik saymam çok doğaldır.

Bazen hoşça vakit geçirdiğimi inkâr edemem; ama bunlar, çalarken elimdekini silah yerine koyduğum ve ne çaldığımı söyleyemeyecek kadar daldığım anlardır – ki bunun da müzikle bir ilgisi yoktur. Yani, müzikle başlayıp, bunu unutacağınız bambaşka yerlere gelmek; müziği yanlızca başlangıç noktası olarak görmek. Müziği sevmenin de tek yolu, ona inanmamak ve durmadan ihanet etmektir.

Uzatmaya gerek yok – benim bütün gün kontrbas çalmamla, başka birinin sabahtan akşama dek içmesi aynı şeydir. Amaç da amaçsızlık da aynıdır: uyuşmak, daldırmak, zamanın daha kolay geçmesi, daha hoş görebilmek ya da daha çok acı duymak – çenenin düşmesi; yanıt beklemeksizin saatlerce konuşmak...

Müzik beni hiç avutamadı; ama artık, oyalayamıyor da. Kafamda kırk tilki var. Bunlardan:

5'i durmadan kendilerini bıçaklayan şair tilkiler;

5'i yaşamlarını şiirle ve şairle alay etmeye adamış, dizelerle konuşan tilkiler;

1'i topal bir toplum tilkisi (o, cennetliktir);

1'i nihilist bir tilki;

1'i ahlakçı, ama artık bunamış, ne dediği belli olmayan, en terbiyesiz tilki (diğerlerinin yaptıklarını o söyler);

1'i saf görünen, ama göründüğünden de saf bir tilki;

2'si karşıt görüşlü filozof tilkiler (tutarsızlığımın nedeni);

1'i hiç ortalıkta görünmeyen, çok korkak bir tilki;

1'i "Yokluk hakkımdır – en doğal hakkım; yaşamdan iptalimi istiyorum," diye bağıran tilki;

5'i yazar tilkiler;

5'i bir tanesinin büyük harfleri okumayı sökebildiği, yazar tilkilerin müridi tilkiler;

2'si eleştirmen tilkiler;

1'i durmadan gülen tilki;

1'i parlak fikirleri olan camgöz tilki:

("Neden evin çatısına kulübe yapıp kiraya vermiyoruz?"

"Neden bahçeyi büyükbaş hayvanlara kiralamıyoruz?"

"Neden kuyudan su çekip satmıyoruz?"

"Neden bahçedeki ıhlamur ağacını kaynatmıyoruz?");

8'i boş inançlar ile zavallı umutları incelik, duyarlık yerine koyan; herkesin akıl edip de söylemeye utandığı şeyleri zekâ, can sıkıntısını derin duygu, sarhoşluğu çılgınlık sayan; değer biçmeye ve biçtirmeye bir türlü son veremeyen; kabuksuz, kılıfsız, kendilerine ölü bir salyangozun kabuğunu yuva edinemeyen; birlikte dolaşan ama birbirlerine dönüp bakmaya ürken; ne durmayı ne hareket etmeyi bilen çaresiz tilkiler (saf tilkinin en sevdikleri).

Şunu söylemeliyim ki ben bu kadar değildim; henüz bitmedim ama, eksildim. Yakında yalnızca suyum kalacak, ve bu yüzden bana kızılacak.

– Allah, Allah, yahni bitmiş – kim yedi bunu?

İşte o an, başa dönebilsem; yahniden önceki tarihime – birden bir keçi, bir sığır, bir domuz olarak, ayaklarım tabaktaki suyuma ve ekmek artıklarına batarken, yükseliversem... tüm hayalim budur.

Sanki oldum olası bir büyük odayı arşınlıyor; ara sıra elimi muma uzatıp yakıyor, ve haykırışımı hep sonraya saklıyorum. "Dur!" denilen yeri de, yaşamak üzere erteleye erteleye tüketiyorum. Beklerken beklemediğimi düşünüp kahkahalar atıyor; bu arada elimi duvarlara, cama, burnuma, kalemlere... sürüyorum. Kapının çalındığını duyar gibi oluyor; ne açıyor ne de kapıyorum. Bu hep tekrarlanıyor gibi görünse de, "tekrar" diye, "kalmak" diye bir şey yok. Sağım sanki solum gibi – solum, hiç yok. Gökyüzü her zamanki gibi, her zamankinden farklı – bu da sıradan. Bazen bakıp, herkes gibi "Ah!" diyorum; ama bunu hak edip etmediğimi bilmiyorum. Ve bu daha varmamışçasına geçen zamanda, biraz sallanan yerde durmadan kala kalanım – ki bu bilinci ürkekçe tüketmek değil; daha ileri götürmek istiyorum oyunu.

Durmadan ölüyorum yaşayabilmek için – belki de bütün psikanalizi tersine çevirmek gerek; yaşamın saçmalığı rüyalarınkinden kat kat fazla, ve zamanın hızı, tehlike getiriyor, başka değil. Bunca ses arasında duyulan, bir tehlike sireninin sesi; şu, herkes için çalan... Bir yerden gelip bir yere gitmemek, asıl asılsızlık bu. Kendim hariç her şeye uzağım, ve çok kişiyi öldürdüm; kafam, cinayetlerle dolu.

Tüketmek gerek anlamları – ama üretmek ve tüketmek... Yok etmek – ama var edip sonra yok etmek... Güneşi suçluyorum – söndürmek gerek bu boş yangını.

Bana en uzak yerlerdeyim çoğu zaman – sonsuz yaşamın içindeki düzelmeyen kambur... Benim gökyüzüm delinmedi; delinen, anlar ve zihnimin saydamlığı.

Günün en güzel saatleri akşam altı-yedidir diyordum ya; sanıyorum bu da doğru değil. Sonbaharı da (sahip olamadığım tek mevsimimi; yani yaşamımı) yine elimden kaçırdım. Gerilerden konuşuyorum, sık sık (getirdiğim bir şey olmamasına rağmen). Bazen de öne geçmeyi deniyorum, ve nereye baksam, yaşamım değil gördüğüm. Bunu doğruluyor bir başka yüzüm. Kendimi ve sesimi suya düşürdüğüm yeri ve zamanı bile hatırlamıyorum. Bir yankı olarak kalıyorum suyun üstündeki aksimle – bir gün silivermeyi düşlediğim...

Yaşamım bir can çekişme süresi–ni bilmediğim.

Ve hiçbir şeye şaşmıyorum – her şey bildik diyordum ya; bu da doğru değil. Ben dünyaya olup biteni hayretle izlemeye ve şaşırmaya gelmişim – durmadan şaşırmaya...

Ama ne söylersem söyleyeyim, ne çalarsam çalayım, bu kamburu yüklendiğim için oyunbozan oluyorum.

Yine söylemek istediğim bunlar değil–
Ve tüm ağıtlar gibi bu da iğrenç.

Şu kontrbası bıçaklama zamanım geldi artık. – Evet, oldu işte. – Bir daha. – Evet... İki darbe yeterli; yoksa bunu, can havliyle, bir kızgınlık anında ve kendimi korumak amacıyla yaptığıma inanmazlar, cezam artar.

Çiçekçiye de telefon etmeli, güzel bir çelenk istemeliyim.

– "Alo, alo, alo, alo, alo!

– Ne var?

– Ölü var, var, var, var!

– Ne tekrarlıyorsun?

– Tekrarlamıyorum; yankı yapıyor.

– Burası çiçekçi.

– Ben çiçekçiyi aramıştım.

– Tamam, burası.

– Çiçek ver; iyi olsun – bıçaklarım.

– Ne çiçeği?

– Ölü çiçeği; eve getir.

Evet geliyor işte, çiçekler geliyor. Biraz çabuk olsa – her yerimden kan damlıyor; daha cenazeme yetişeceğim. Ne anlayışsızlık...

Şu mektubu da saklamalıyım. Kimdendi bu? Belli değil. Bana mı gelmişti? Belki.

> Gülmeyin canım, gülmeyin –
> benim de bir idealim var; bir
> köpek olmak, kudurmak, ve
> herkesi ısırmak istiyorum. Bu
> çirkin adamı da kolunu bir tasma
> gibi boynumda tutuyor diye
> yanıma aldım. Onu mu? Onu da
> ısırıyorum ama pek anlamıyor.
> Doğduğumda da böyle miydim
> bilemiyorum. "Böyle"nin ne
> anlama geldiğini de bilmiyorum;
> ama, ne öyleyim ne de şöyle; o
> yüzden "Böyleyim" diyorum.
> Geçenlerde bir ev gördüm; benim
> doğduğum eve benziyordu.
> Doğduğum evi hatırlamıyorum;
> ama bu gördüğüm, aynı
> benimkiydi. Sabahları uzanan
> gelincik tarlaları kan gibiydi ve
> öyle narin salınırlardı ki, böyle
> zarif bir şeyi bir daha görmedim.

Peki o zaman başka ne
anlatabilirim? Ha, evet...
Gülmeyin canım, gülmeyin –
benim de bir idealim var; bir
köpek olmak, kudurmak, ve
herkesi ısırmak istiyorum...

Evet çiçeğim geldi; cenazeme yetişmeliyim – ölü bekletilmez.

Geldim işte. Benim yaşamımın müziği de çalınmalı; hem de hatasız. Bunu kimse beceremez – bari ben çalayım.

– İki vuruşluk es..

– Evet, güzel mi, anladınız mı?

– Hey Tanrım! Neyse; bir daha çalıyorum – bu son ama...

– İki vuruşluk sus..

Aslında şunu söylemem gerekiyor: Hani bazı filmlerde kadın oyuncu beyaz, ipek bir sabahlık giyer ve erkek yaklaşınca, o sabahlık sessizce görevini tamamlayıp usulca yere düşer ya – işte, ben o kadın değil; o sabahlık olmak istiyorum.

Şunu da söyleyeyim de eve döneyim artık – akşam oldu, yağmur da çiseliyor. (İnanın çiseliyor. – İnanmadınız mı? Bütün uyanıklığınız bu kadardır zaten – neyse, peki: çiselemiyor.)

Bari biraz gülebilir miyim? Siz de gülebilirsiniz; zamanı geldi artık.

Deli, daha girerken güler – diğerleri hep sonradan, çok sonradan.

Deli olduğumu mu sanıyorsunuz?

Nereden anladınız?